그리움은 언제나 문득 온다

시와소금 시인선 · 151

그리움은 언제나 문득 온다

권순덕 시집

시와소금

▍권순덕

- 서울 출생
- 2018년 《창작21》 신인상 시 부문 등단
- 저서 『용대, 미르의 터를 아십니까?』
      『다시 태어남을 위하여』
- 만해문학박물관 시극아카데미 고문, 내설악 시낭송회 회장
- 한국문인협회 인제군지부 사무국장.
- 현재 한국시집박물관 문예창작교실 회장
- E-mail : smd0009@naver.com

서울 사는 친구가
산에 사는 안부를 묻기에
때로는 새소리에 울고
때로는 풀꽃 피어 웃노라 전했습니다
오늘 하루
새벽녘 찾아온 안개비에
한 점 섬이 되어 떠돌다가
눈부신 옥양목 햇살 아래 젖은 마음 빨아 걸고
흔들리는 바람에 잠시
낮잠에 빠졌노라 전했습니다
뻐꾹 울음 잦아드는 저녁
잠자리 날개에 내려앉은
애잔한 노을 바라보다
왈칵 울음이 터졌노라 전했습니다
손바닥만 한 텃밭
내 발소리에 자라나는 푸성귀를 키우며
모자라지도 넘치지도 않는 늦가을 햇살처럼
산에 등 기대어
그렇게 저물어 가고 있노라 전했습니다
풀벌레 소리에 눈이 감긴
초승달이 떴노라 전했습니다

— 2022년 늦가을,
내설악 인제 모란골에서

| 차례 |

| 시인의 말 |

제1부 바람이 전한 말

제2부 눈 오는 밤

제3부 화양연화花樣年華

제4부 늦가을 강가에서

작품해설 | 이영춘

제 1 부
바람이 전한 말

바람을 따라 길을 나선다
바람이 다가가면 휙 고개를 돌리는 잎새
눈 맞추지 못하는 쓸쓸한 구애
머물지 못하는 바람의 발은 어디서 쉴까

詩의 집

나를 태워
마지막 남을 사리
그 사리로 빚은 언어로
짓고 싶다
나를 온전히 녹여 낸
탄성 같은 한마디

얼마나 크고 깊어야
닿을 수 있으랴

사랑, 참 어렵다

아무리 좋은 말로 포장해도
좋은 시는 가슴이 먼저 안다
너와 나의 언어에는 은유가 많다
가슴이 뛸만한 말을 찾느라
밤새 끙끙거린다
은유라는 옷을 입혀 말을 치장하고
낯설게 비틀어 질리게 한다
너에게 다가가는 걸음을
머뭇거리게 울타리를 친다
말을 채집하고 쌓아두고
언제 어떻게 이용할 것인지
머리를 쓴다
핸드폰 가득 너와의 만남을 위해
정보를 채우듯

조그만 틈도 허용하지 않겠다던 우리
말의 부재와 틈에서

빛나는 은유가 탄생함을 몰랐던 게지

다채로운 해석을 지닌

한편의 시속에 숨겨진 의미를

어찌 단숨에 알 수 있겠냐고

해독하려고

속살을 파헤칠수록

더욱 모호해질 때

사월에 내리는 빗소리에 귀를 기울여봐

그냥 스며드는 거야

멀리서 바라보며 느끼는 거야

좋은 시는

가슴이 먼저 데워져 오는 법이거든

또 다른 길

길은 다시 길로 이어진다
막다른 길에서 만난 또 다른 길
하마터면 모르고 지냈을 새로운 인연

삶의 터전을 옮긴 산골
도시를 떠난 별들 모여 사는 곳
누가 불렀는가
주인 떠난 빈집 지붕 위로
그리움에 눈이 감긴 초승달 뜨면
고요한 한밤중
공으로 듣는 풀벌레 교향악

내 집 처마에 둥지를 틀고
새끼를 품어 키우는 직박구리
가진 것 없어도 넉넉함은
스러져 가는 곁에 새 별 뜨고
때를 따라 피고 지는 자연의 품에

내가 깃든 까닭

내일은 비가 온다는 예보
텃밭 부추가 한 뼘은 더 자랄 테고
쉬잇,
지금 막 사과꽃 몸 틀며 피어나는 중

바람이 전한 말

몸보다 마음이 지칠 때
숲으로 간다

바람이 다가가면 휙 고개를 돌리는 잎새
눈 맞추지 못하는 쓸쓸한 구애
머물지 못하는 바람의 발은 어디서 쉴까

내가 나를 인정해 주지 못할 때
그때가 가장 힘들었다는 말에
지나던 바람이 내게 전한 말
시간이 지나면 괜찮아진다는 말은
괜찮은 시간이 올 때까지
아플 수밖에 없다는 말이야

바람의 발자국이 지나간 자리
쓰러질 듯 바닥을 치고
다시 일어서는 풀잎들
모두들 그렇게 견디고 있었다

낚시

밤마다 끄적거리다 만 문장들이 소근거린다
어느 날은 쓸 만한 물고기가 잡히기도 하지만
온통 머릿속을 헤집으며
끝내 모습을 감춰버리는 시어들

오늘 한 권의 시집이 배달되었다
빛나는 은유의 물고기들이 가득하다
내가 던지는 미끼는 왜 물지 않는지
포인트를 찾아야 한다
너무 추워도 너무 더워도 안 되는
적당한 온도

내 밑밥은 너무 빈약하다
좋아하는 미끼조차 파악하지 못해
이것저것 마구 뿌려놓고
사유의 바다에 낚싯대를 드리운 채
오늘도 헛챔질만 하고 있다

황홀한 유혹

봄은 한순간 폭죽처럼 터진다
열병처럼 번지는 어질머리
어디에 감추고 있었을까
저 놀라운 생명의 빛

터질 듯 부푼 유두
끊임없이 조잘대는 새소리가
둥둥 숲을 부풀리고
과장된 연인들의 사랑은
아지랑이처럼 위태롭다

나무들은 가지마다 초록 귀를 달고
방금 배달되어 온 시를 해독하느라 분주하다

삭풍의 매서운 눈초리를 견뎌낸
저 눈부신 화관
잔설을 끌어안고도 꿈을 놓지 않는
봄은 얼마나 황홀한 사랑인가

이제 춤을 출 때

퍼낼 수 없는 어둠에 빠져
빛이 보이지 않을 때
더 이상 물러설 곳이 없다면
이제 춤을 출 때

목까지 차오른
울음의 현이 가늘게 떨며
둥둥 연이 날아 오르듯
서서히 몸이 떠오른다
견갑골에 날개가 돋는다

먼 길 떠나는 작은 바람이나 되자
반짝이는 하늘빛 구름이나 되자

무아의 경계 어디쯤
혼신의 장단이 끝나면
이제 자진모리로 아스라져 가는
한바탕 춤이어도 좋으리

씨앗의 노래

네 몸에는
우주의 기운이
오롯이 담겨있다

태산을 품고
심장의 중심부에 뿌리를 박는다
대지를 들어 올리는
질긴 생명력
시련에 더욱 단단해지는
사랑의 원천

죽어야 살리라
몸을 보시함으로
더불어 다시 태어나는
네 안에 내가
내 안에 네가
흙으로 돌아가 다시 살아오는
영원한 회귀回歸

그리움은 언제나 문득 온다

장마에 애태우는
산골 편지처럼
마른 가지 품고 있는
이른 봄 햇살처럼
천천히
발자국마다 설레임 담아
느릿느릿 너에게 가고 싶었다

쉽게 넘치지 않게
쉽게 꽃피지 않게

언젠가
내가 네게서 사라지는 날
너무 빨리는 말고 천천히
어쩌다 문득 떠오르는
그리움으로 남게 되길

사월이 오면

먼 산 아미蛾眉 잔설
아침저녁 매서운 추위가 발톱을 세우지만
눈을 뒤집어쓰고도
가쁜 숨 몰아쉬며
여린 나무는 꿈을 놓지 않는다

마른 나뭇가지 속
귓바퀴를 쫑긋거리며
햇살의 부름을 기다리는 꽃봉오리들
아직은 아니라고
견디고 있다

올 듯 말 듯 눈치만 살피던 봄
산수유꽃 바퀴 굴리며
산골 마을 다다르면
소리 없는 아우성
앙상한 가지마다

꽃등 매달고
버드나무 허리를 휘감고 펄럭이는
초록 나비 떼

온 세상이 환해 보이는

마당의 목련꽃
처음으로 몸을 열던 날

까닭

깊은 밤
깨어있는 것들은 안다
잠들지 못하는 까닭을

봄이면
풀꽃들 다시 살아와
바람의 말에
귀 기울이는 까닭을

가을이면
대지에 가득 찬
풀벌레 소리
아득히 먼
넋을 부르는 까닭을

마음이 마음을 찾아
떠나는 밤

부르다 지친 이름은
별이 된다

외로운 사람들이
별을 바라보는 건
보고 싶은 얼굴 하나
남아있는 까닭

편지 같은 사람이 되고 싶다

문자나 이모티콘 말고
넋두리도 좀 할 수 있는
편안하고 여유 있는 공백
마음결 따라 느긋하게
쓰다가 지우고
다시 생각나면 쓰고
마음을 풀어낼 수 있고
아우를 수 있는

좀 천천히 가더라도
그래서 더 기다려지고
설레임 가득
머뭇머뭇 손길이 느껴지는
편지는 소박한 위로인 것을

채송화 얼굴 붉히는 저녁
텅 빈 교정에 퍼져나가던

아련한 풍금 소리처럼

가슴 둠벙으로

왠지 모를 그리움에

눈물 차오르는

편지 같은 사람이 되고 싶다

소금

사각의 틀에
유배된 바다
태양은 온몸의 살을 발라내고
생성과 소멸의 기억을 반복하며
버리라 한다
잊으라 한다

세상의 공허한 말 잠재우고
불순을 거두어
범접할 수 없는 자신으로 거듭나라 한다
부유하던 것들 침전되어
맑은 정기로 발효될 때
서슬 퍼런 날처럼 냉철하게
부패를 끊고
세상의 참맛 살려내는
빛이 되라 한다

혼魂까지 불사르는
천형天刑의 고통을 이겨내고
이 땅에 별꽃으로
다시 태어난 너
바로
유배된 바다의 사리舍利였구나

하루의 무게

하루 종일 발을 옥죄던
구두를 벗으면
그제서야
꼭 붙어있던 발가락들이
긴 숨을 내쉰다

오라는 데는 없는데
온종일
이곳저곳 기웃거리며
머뭇거리던 발걸음
꿈은 아득히 멀고
다만 부려놓은 수많은 발길

묵묵히 체념을 견디어 온 발바닥에
지나온 길들이 고스란히 찍혀있다
삶의 무게에 눌려
발가락 사이에서 죽어 간

사랑이라 불리던 이름

언젠가 당당하게 걸으리라고
또 하루가
맨발을 토닥이며
저물어 간다

낮잠

구름 잠시 머물다간 자리
산그리메 성큼 내려와
길게 누웠다 가고
기웃대던 초록바람 문 열고 들어와
가슴 풀어 땀을 씻는 한낮
세상 등지고 돌아앉은 산중에서
한세월 잠시 벗어 놓고
바람의 말 해독하다 잠이 들었네

환한 꽃그늘 아래
숨결마저 고요해지면
여기가 어디인지
누군가 나를 흔드는 손길
오래도록 깨어나고 싶지 않았네

울던 새도 졸고 있는 여름 한낮
세상이 참 고요하였네

순결

내 몸속에 가끔은
달빛도 숨어들고
초록 별도 찾아오고
이름 모를 들꽃 더불어
새소리 물소리도
머물다 가곤 했는데
어디로 갔을까

언제부터
욕망으로 뜨거워진 몸
그 불을 피해
등 돌리고 떠나버린
내 영혼의
맑은 물줄기

그리움

돌아갈 수 없어
가슴에 담아두고
되돌아보는

애달픔 물들어
피어난 꽃

진실에 대하여

시장에서 사 온 고등어 한 손
꺼내 보니 상한 냄새가 진동한다
살 때는 분명 싱싱해 보였는데
얄팍한 상술로 끼워 팔았나 보다

눈알이 맑아 보이는 생선 뒤에
상한 생선이 겹쳐 있다
깨끗해 보이는 생선
꺼내 놓으려다
왠지 찜찜해
몽땅 싸서 버렸다

그런데 그 일이
왜 마음에 걸리는 걸까

같은 통속이라고
싸잡아 몰아부쳤던

폐가

한때 누군가의
안식처였을 집

주인 잃은 뒤
바람에 베이고
햇살에 파여
갈비뼈를 드러낸 채 사위어 가는데
나자빠진 문짝 곁 풀꽃 하나
못다 한 말이 있어 피어났는가

버려진 것들끼리 남아
서로 안고 세월을 견디는

무너져 내린 담장 너머
삶의 기억마저 지우며
무심한 바람 홀로
숨을 고른다

시린 나목裸木의 가지 끝
달빛에 몸을 풀며 흐르는
은빛의 강江
두고 온 내 꿈의 씨앗에
젖을 물리는가

자존심

저녁 찬거리를 준비하며
생선을 다듬는데
가시가 손가락을 찌른다
죽어서도
자신을 방어하는 보루堡壘

온몸을 무장한 고슴도치처럼
죽은 듯 웅크리고 있다가
건드리면
시도 때도 없이 돋아나는
약하면 약할수록
초라하면 초라할수록
더욱 날이 서고 강해지는
내 안의 가시

때로는 그 가시에 찔려
피 흘리던 때 어디 한두 번이었나

다시 눈 내리는 저녁

그 시절
혹독한 겨울은 계절과 관계없이 왔습니다
사업에 실패한 남편은
집을 떠나 있었고
아이 분유가 떨어져 가는 저녁
눈발이 히끗거리며 내리고 있었습니다
쭈볏거리며 마을 가게에 들어가
며칠 후 남편 월급날이니
분유를 외상으로 줄 수 없냐고
주인은 한참을 바라보다 분유를 내주었고
돌아 나오는 얼굴에 부딪히는 눈발이
왜 그리 서럽던지

다시 눈 내리는 저녁
왠지 눈시울이 젖어 드는 건
추위 속 웅숭그리며 살던
그 시절이 자꾸 되살아와

감사가 큰 까닭인지도 모르겠습니다

그럼에도
마음이 따뜻해지는 건
슬픔도 쌓이면 그리움이 되는
나이 때문인지도 모르겠습니다

그리운 사람들

어둠 속을 버스가 달린다
차창 너머 멀리 스쳐 지나는 불빛
오랜 세월
슬픔의 심지 돋우며
밤늦도록 잠 못 드는
저 외딴집 사는 이 누구일까

사는 일이 빈 항아리 같아
울고 싶을 때
굴뚝 연기 나는 마을로 들어가
가난한 저녁 창가
환하게 피어나는 분꽃이 되고 싶다

시간의 길섶 어디선가 잃어버린
아득한 기억의 수면으로 떠오르는
희미해진 얼굴들
돌아보니

너무나 많은 사람들 떠나갔다

어둠이 깊을수록
또렷해지는 불빛처럼
울컥
목울대 차오르는

아, 그리운 사람들

그곳은 살 만한지요

평생 내 집은커녕
청약통장 한번 가져보지 못한 그
황량한 겨울 같던 그가
뒤늦게
한 뼘 방 하나 장만하여
들어앉아 있다
유리문 속
계면쩍은 웃음을 날리며

세상은 그의 편이 아니었고
아내도 아이들도 등 돌린
바람 찬 변방을 떠돌던 그

유난히 추운 겨울날
이제야 마음 놓고 쉴 수 있는
방 한 칸 얻어들었네

그곳은 살만한지요

운해雲海

새벽에 눈을 뜨니
내가 사는 곳
섬이 되었다
아득한 운해
천지에 나 혼자뿐
사방이 고요하다

언젠가
이렇게 떠나야 하리

그저 잠시 머물다
몸 벗어 놓고
마음 접어 두고
홀연히 바람 되어
깊이를 알 수 없는
저 세월 강
이승과 저승의 갈림길을
건너야 하리

청소부

거친 숨을 쉴 때마다
어둠이 폐 속으로 잠긴다
동트는 새벽
외등은 아직 침묵을 거느리고
남들은 희망을 시작하는 시각

늙어버린 사내 하나
버려진 삶의 껍데기를 주우며
폐휴지 실은 리어카를 끌며 간다
버려진 폐지에서
오래 묵어 퀴퀴한
그의 냄새가 난다

코끝에 한기를 느끼며
체념에 익숙해진 손놀림으로
밤새 토해내야 했던
허물을 닦아 낸다

어떤 이는 간밤에 이별을 하고
어떤 이는 사랑 찾아 배회하던
어둠의 흔적을 지운다

어제를 매장하고
새로 시작하는 하루
너무 일찍 봄빛에 끌려 나온
제비꽃 한 송이
새벽바람에
새파란 얼굴로 오들오들 떨고 있다

화분

거실에 두면 좋을 것 같아
꽃 화분 하나 사 왔습니다
물 주고 거름 주고
정성 다해 키웠으나
시도 없이 꽃피더니
때 없이 잎 집니다

병색 짙은 노란 얼굴
시름시름 앓는 기색
마당 한 편 옮겨 심었더니
파릇파릇 풀잎 곁에
끼리끼리 푸르러 갑니다

서울 변두리에서도
끝내 뿌리 내리지 못해
시골로 떠난 친구
살아있는 것들이

뿌리 내릴 수 있는 곳은
땅뿐이라고

전화선을 타고
물오르는 소리 들려옵니다

모란골

푸른 산 수문장처럼 거느리고
물안개 아스라이
섬이 되는 곳
군불 때는 연기 온 골을 휘감고
이름 없는 풀꽃 별이 되어 뜨는 밤
고라니 마당까지 내려와 서성이고
산 울음소리 들리는 곳

들려오는 말에 빗장 지르고
상처 난 짐승처럼 찾아 든 산골
버림으로 비로소 차오르는
텅 빈 충만이여

뒷산 도토리 구르는 소리마저 들리는
고요한 한 낮
나무들 서로 몸 기대어 살 듯
마음 시려 올 때면

토라진 연인 달래듯

가만 가만

적막의 어깨 토닥이며

평온한 가을 햇살 같은

넉넉한 산골에 산다

* 모란골 : 인제에 있는 마을 이름

길 잃은 운동화

겨울바람이 지나는 길모퉁이
버려진 운동화 한 짝
며칠이 지나도 그대로 있다

한나절 햇살이 머물다 가더니
저녁 된바람이 다시 찾아와
슬며시 발을 디밀어 본다
두어 바퀴 굴려 보던 맨발의 바람
시린 발 동동거리다 돌아선다

어디를 가려던 길이었을까
힘든 고갯길을 걸을 때면
자꾸만 벗겨지고 뒤처지던
함께 걷던 짝은 어디로 갔을까

눈물 자국에 얼어붙은 꿈은
아득히 멀어져만 가는데

혼자서는 떠날 수 없는 길

세상 끝까지 가보고 싶던
한때를 추억하며
지나는 사람들의 발걸음에 채여
오늘도 기다림에 낡아간다

산까치 한 마리
가슴 아린 듯
어깻죽지에 얼굴을 묻는 저녁

약속

물은 알았던 게다
낮은 곳으로 흘러야
만날 수 있다는 것을
그래야
강이 되고
바다가 되고
하나가 될 수 있다는 것을
아파도
외로워도
흐르다 보면
함께 깊어진다는 것을
물은 알았던 게다

그대에게 이르는 길
우리는 어디쯤에서
다시 만나
함께 흐를 수 있으랴

황혼열차

황혼을 뚫고 달리는 기차
어디쯤 와있는 걸까

어느 한 생이 찾아낸
풍경의 기억 저편
낯선 역을 지날 때마다
머뭇거리다가는 기차

날 선 삶의 기억들마저
내려놓으면
이토록 가벼운 것을

이생의 지도에는 없는 곳

길 위를 헤매던
고단한 신발 벗어놓고
내가 내려야 할 정류장
얼마 남지 않았다

상가喪家에서

가족의 주검을 코앞에 놓고도
허기를 느끼고
때가 되면 밥을 먹는다
굶지 못하고 밥을 씹어야 하는
저 생의 본능
산 사람은 살아야 한다고
우적우적 밥숟갈을 밀어 넣는다
슬픔도 꼭꼭 씹지 않으면
체하는 걸까

누가 죽었는지
벌써 잊은 사람들
화투판에 열을 올리고
자기 설움에 마신 술
꺼억꺼억 뿜어내는 새벽
줄지어 사열한 화환만이
생전의 그를 대변 할 뿐

그가 살아 온 길을
묻는 이 아무도 없다
한 세계가 묻힌 것을

숨소리도 없이
빠져나간 영혼이
오래 벗어 둔 신발을
물끄러미 바라본다

양파

멀쩡해 보이는 양파
속이 까맣게 썩었다
삶의 변방에서
흔들리고 찢기던
부끄러운 자존심이
제 살을 허물고 할퀴어
딱딱한 옹이가 되었다

응어리진 가슴에
퍼낼 수 없는
생의 슬픔이 고여
아무도 모르게
썩어가던 생채기
술로도 풀 수 없는 고통이
산을 허물고
마침내
먼 길 떠난 아버지

겹겹이 자신을 동여매고
언제까지 참고만 있을 것인가
멀쩡해 보이던 속살
한 겹씩 벗겨낼 때
비로소 터지는 울음
이렇게 많이 힘들었구나
가끔은
속을 내보이며 살라고 한다

묵정밭에서

송홧가루 날리는
봄날 하루
햇뻐꾸기 울음 아련한
산삐알 묵정밭에 콩을 심는다
산비둘기 흘깃 곁눈질하다 날아가고
저 멀리 능선 너머
그리움이 멀다

농사일에 이골 난 이웃 할머니
새들이 쪼아 먹어 콩 농사가 안된다고
농약 탄 곡식을 뿌려놓으란다
아서라
새들에게 이 콩이 일용할 양식일진대
실컷 먹고 남으면 내가 먹으리

한 구멍에 몇 개씩 여분의 콩 더 넣으며
고라니도 꿩도 다녀갈

푸른 꿈을 심는다
눈부시게 서러운
나의 봄을 심는다

고개 너머 자울 자울
봄날이 간다

봄이 오는 문턱에서

온 가족 자살이라는 아침 뉴스가
가슴을 때린다
더 이상 살고 싶지 않다
어디도 길이 보이지 않는다
길 위의 여정을 끝내며
그들은 그 순간 무슨 생각을 했을까

떠나는 발길 붙잡는
보고 싶은 얼굴 하나 없었을까
먹먹한 가슴 풀어놓을
전화번호 하나 품지 못했나
푸른 날의 기억마저 잡지 못했나

누구는 말기 암 선고를 받고
장기매매를 해서라도 살고 싶다던데
이제 머지않아 봄이올 텐데
강 너머 청보리밭을 지나

깊은 허기를 달래며
올해도 봄은 오는데

삼월의 문턱
길이 보이지 않는다고
세상의 문을 닫은 영혼들이
회색 하늘가를 떠돌다가
이 아침
먹먹한 봄비로 내린다

눈 오는 밤

산까치 한 마리
쓸쓸히 이마를 짚고 돌아서 가면
저녁 어스름
오지 뚝배기에
담북장을 끓이고 싶은 저녁이면
눈이 내린다
희끗희끗
성근 눈발에
묻어나는 그리움

눈 오는 밤엔
고향에 가고 싶다

저녁연기 피어오르는
낮은 토담 너머
아이들 찾는 어머니 소리
지금쯤

내 유년의 뜨락에도 눈이 오는가

시린 나목裸木의 가지 끝
달빛에 몸을 풀며 흐르는
은빛의 강江
두고 온 내 꿈의 씨앗에
젖을 물리는가

새삼스레
잠든 가족을 바라보며
젖어 오는 눈시울
왠지
사는 것이 눈물겨워진다
눈 오는 밤엔

상강霜降

달빛에 이끌려 창문을 여니
어둠 속 허공 가득
풀벌레 소리
목이 쉬어 하얗게 사위어 가는데

눈을 감으면 더 크게 열리는
온몸의 촉수 세우고
잠들지 못하는 밤
나뭇잎 사운대는 소리에
날로 차가워지는 계곡물

그대 머물던 자취 아직 우련한데
먼 길 떠나는 철새는 어디서 날개를 쉬고 있을까

선뜻한 한기에
이불을 당기는 새벽
나른한 꿈결 속
들려오는 빗소리

슬픔

하루 종일 퍼붓던 눈발 그치고
눈 녹아드는
저녁 어스름

인적 끊긴 골목 모퉁이
떠들던 취객 모두 빠져나간
불빛 희미한 주막
여자 혼자 들어와
국밥 한 그릇 시켜놓고
멍하니 소주잔만 기울이던

살아온 날들이
끝 모를 어둠 속으로
아득히 함몰되고 있던

아직도 나는
그 겨울에 서 있다
세월을 건너뛰지 못한 채

아직도 나는
속절없이 흐르는 세월의 강가에서
아득한 기억의 저 편
가슴 떨리게 충만했던
돌아갈 수 없는 젊음의 길섶을
오래오래 서성이고 있다

사월

이맘때면
면 기억 끌고 와
한 송이 꽃으로 피는 그대

누군가 부르는 소리에
뒤돌아보면
저만큼 거리에서
시도록 환하게 웃는 그대

시래기국

싹둑 잘려 매서운 바람벽에 매달린 채
비바람 회초리에 허옇게 변해버린 이파리
꼭 쥐면 한 줌 바스라질 세월의 조각들

고집도 욕심도 다 놓은 채
빛바랜 잎맥처럼 뼈마디만 남은
그 손을 가슴에 품는다
엄마 손은 약손
나는 다시 어린 딸로 돌아가고 싶다

싸락눈 내리는 저녁 무렵
왠지 모를 허기에
마음 휘둘릴 때면
애간장 눈물로 버무려
된장 풀어 푹 끓인
어머니가 끓여 주신
시래기국이 먹고 싶다

무언의 약속

밖에 누군가 찾아온 것 같은
설레는 예감에 눈을 뜨면
기다리는 애인처럼
환하게 손 흔들며
달려오던 함박눈

눈 내리는 밤
설레는 마음 따라 걷노라면
약속이나 한 듯
마주 오는 눈길 위에서
서로를 알아보던

스무 살 내 꿈속까지 찾아와
밤새 서성이다 돌아간 발자국

그 보이지 않는 약속이
늙어서도 해마다
눈을 기다리게 한다

찔레꽃

엄마와 함께 노래를 부릅니다
제일 좋아하는 노래는 찔레꽃
섬마을 선생님을 부르다가 두만강을 돌아
이제 뒷동산 찔레꽃을 애절하게 부릅니다

혈압으로 쓰러져 말은 못 하는데
어쩌면 노래는 이리도 잘 하는지
말을 잃은 엄마의 목소리를 듣는 때는
노래 부를 때
딸들은 노래를 부르며 목이 메입니다

귀에 못이 박히도록 부르는 흘러간 옛 노래
그나마 알고 있는 노래는 서너 곡
찔레꽃도 사위어 백발 되어 흩날리고
눈동자는 먼 허공을 향해 텅 비어 있는데

말을 가둔 어두운 심연에 갇혀

엄마는 지금 어디를 헤메고 계신 것일까요
다시 돌아간 두만강은 입속에 맴돌고 있는데
엄마는 어디로 흘러가는 것일까요

화양연화

오월의 얼굴은 해맑다
간밤 내린 비로 투명해진 하늘가
햇살이 나뭇가지를 튕길 때마다
물푸레 나뭇잎이 까르르 웃음을 터뜨리듯
돌아보면
거기 빛나던 시절이 있다

사랑이 어찌 꽃으로만 기억되리
가난했지만 아름다웠던
치열하게 사랑하고
잦은 신열로 아프던 때
내 인생의 오월
그때 나는 누구의 봄이었나

망설이며 가지 않은 길
떠나지 못한 여행
이제라도 돌아갈 차편이 있다면

나는 어디로 가고 싶은 것일까

거기
그 시절 있었기에
살아낼 수 있었던 온기

아직도 나는
속절없이 흐르는 세월의 강가에서
아득한 기억의 저 편
가슴 떨리게 충만했던
돌아갈 수 없는 젊음의 길섶을
오래오래 서성이고 있다

의자

오지 않는 발소리를 기다리며
조금씩 낡아가는 고향집 마당에는
희끗희끗 벗겨진 거친 피부에 피어난 검버섯
내다 버려도 아무도 눈길을 주지 않을
낡고 오래된 의자가 있습니다

아침엔 새 한 마리 날아와 물끄러미 앉았다 가고
낮에는 심드렁한 햇살이 길게 누웠다 가는
적막만이 오랜 친구인 그곳에는
무릎 관절로 삐그덕 거리는 다리 힘을 모으고
아직은 때가 아니라고 안간힘으로 버티는
나의 의자가 있습니다

한때, 서로 차지하려고 싸우던 예쁜 모습 자취 없고
뼈마디 마디 세월의 풍상 고스란히 드러난
말을 잃고 추억을 그리는 야윈 의자가 있습니다
삶에 지쳐 바람처럼 흔들릴 때

한걸음에 달려가 등 기대어 울고 싶은
기다림에 야위어 가는 무릎 의자가 있습니다

그때 우리는

길을 걷는데
느닷없이 비가 내린다
우산 쓴 사람이 지나지만
어느 한 사람
권하는 이도
청하는 이도 없다
무심히 스쳐 지난다

가난했던 시절
그때는 우산이 귀해
비를 맞고 다니는 사람들이 많았다
등굣길에 비라도 내리면
우산 전쟁이 벌어졌다
살이 부러졌거나 찢어진 비닐우산
그나마 차지하면 다행이다

그때 우리는

비 내리는 거리에서
모르는 사람에게도 기꺼이 다가가
우산 한 쪽을 내주었다
나 아닌 남을 위해
비에 젖는 어깨 반 쪽을 내주었다

서로가 서로에게
우산이 되어줄 때
찢어진 우산으로도
정말 고맙게
세상의 추위를 막을 수 있었다
그때 우리는

참 예쁘다

붉은 군자란꽃이 피어난
이른 봄날
마루 끝에 나와 해바라기를 하시던
병석의 아버지
무슨 생각을 하시는지
말없이 창밖을 바라보며
눈부신 듯 툭 던진 한마디
차암 예쁘다
그 말이 왜 그리 아팠을까

평생 한가로운 시간 없이
가쁜 숨 몰아쉬며 살아 온 세월
늘 뭉툭하게 닳아있던 거친 손톱이
하얗고 길게 자라 있던
아버지의 어깨가 흔들려 보였다

아버지는 그림자였다

언제나 어머니를 찾았고
아버지는 늘 아이들의 시선 밖에 계셨다
흔들리며 흔들리며 마시던 술은
눈물이 아니었을까

그러고 보니
많은 사진 속에도
아버지의 모습은 보이지 않는다

집으로 가는 길

집으로 가는 길
마을 어귀에 들어서면
넓은 밭이랑을 쓸고 오는 풀내음이
제일 먼저 달려와 안기던
어머니 보고픈 마음에
늘 마음이 먼저 달려가던 고샅길

잡곡이랑 푸성귀 담긴
올망졸망 꾸러미들
창피하다고 투덜대도
하나라도 더 담아 실어주고
멀어지는 시골 버스 먼지 속에
한 점 가로수로 서서
한참을 손 흔들던 어머니
뿌옇게 시려오는 시야 속
점점 작아져 보이지 않던

새마을 구호 아래 죽은 고향은
다시 살아오지 않고
아카시아 언덕길 함께 걷던
아이들 웃음소리만
환청으로 남았는데
이따금 꿈속에서
들녘 물들이던 노을빛 따라
어머니 기다리는 신작로
고향 가는 버스를 탄다

내가 살고 싶은 집

늙어서 내가 살고 싶은 집은
노을이 아름다운 곳이면 좋겠다
들녘이 보이는 언덕
담쟁이 벽을 오르고
백일홍 얼굴 붉히는 뜨락
무명 행주치마 같은
소박한 살림살이
들 창가에 조그만 툇마루도 놓아야지

초록 대문 우체통에
친구의 손 편지 도착하면
노을 속에 갇힌 툇마루 걸터앉아
아픔도 후회도 없는
평온한 얼굴로
지나온 삶을 미소로 추억하리

마른 꽃바구니 같은

환하고 쓸쓸한 삶의 뒤안길
감나무 가지 끝에 걸린 노을처럼
눈부시지 않아도 고운

문득
외로울 때 찾고 싶은
위로 같은
집 한 채 있었으면 좋겠다

귀향

무지개 뜨는 산 너머엔
누가 사는지
멀리 더 멀리 가고 싶어
까치발로 바라보던
고향은 너무 작아 답답했다

하지만 어쩌랴
한 평의 땅도 내 것일 수 없었던
척박한 땅의 이방인
살아있는 것들의 슬픔이
모두 내게 와
별마저 보이지 않던
불면의 밤들이여

나 돌아가리라
바람의 노래 들려오고
노을빛 아름다운 곳

해 떨어지면

새들 숲으로 돌아가고

개울물에 더위 씻고

멍석에 누우면

도시에서 쫓겨난 별들

함께 모여 이마 맞대는 곳

미루나무 꼭대기로

둥근박 둥실 떠오르면

옥양목 이불에 출렁이는 달빛

나무 이파리 소곤대는 밤

소쩍새 울음에 기대어

긴 잠에 빠지리

눈먼 사랑

봄을 삼켜 버린 녹음
거대한 산을 점령해 버렸다
나날이 깊어가는 숲
수줍어 얼굴 가리고
작은 풀꽃에 자리 내주던
봄은 얼마나 아름다웠나

짧은 사랑을 만나기 위해
울다 그을린 매미 소리에
태양도 덩달아 뜨거워 가고
위용을 뽐내며 우뚝 선
저 오만함이여

칡넝쿨 질긴 손아귀에
결박당한 나무
지켜보던 새 한 마리
바다로 떠났다

사랑도 때로는
폭력이 되는 것을

눈멀어 가는 광기
번져가는 정염
머지않아
천둥도 비바람도
거친 숨소리를 내며 찾아오리라

바야흐로 숲은 지금
뜨거운 열애에
신열을 앓고 있다

구부러진 길

오래전 버스가 다녔던
이제는 잊혀진 길
구불구불 돌아간
후미진 모퉁이 하얀 구절초
한 뼘은 더 길어진 목을 빼고
낡은 푯말의 갈 길 잃은 행선지
초점 잃은 눈빛으로
오늘도 오지 않는 버스를 기다리고 있다

사람들은 어느새 남루를 벗고
고속 승진의 대로를 달리는데
산비알 묵정밭 어머니는
아이들 마중하던 정류장을 지나
정들었던 한때를 남기고 떠난
구부러진 길을
뒤돌아보며 뒤돌아보며
그 오랜 기다림을 다만 순하게 걷고 있다

겨울나무

봄은 아직 먼 데
벗겨진 허리에 동여맨 희망
떠날 수도
피할 수도 없어
묵묵히 지켜 온 자리

삶과 죽음의 경계를 넘어
퍼붓는 눈보라
아득한 눈발 사이로
설해목 부러지는 소리
겨울나무들은 안다
온몸을 내어 줄 시간이 멀지 않음을

여린 슬픔이 쌓이고 쌓여
꿋꿋하던 의지마저 꺾인 채
묵묵히 세상 밖으로 떠나간
젊은 아버지

어린 날의 동화

적막만이 마을을 지키는 봄날 오후
대청마루에 길게 누운 햇살
엎드려 숙제하던 나를 재우면
심드렁 하품을 쫓던 누렁이도 오수에 빠지고

구름 일 듯 피어나는 복사꽃 저 너머
누가 살고 있을까
창공에 금을 그으며 날아가는 비행기에는
누가 타고 있을까
하이디가 살고 있는 스위스는 어디쯤일까

상상 속 세상은 구름 솜사탕
빗자루 타고 날아다니다
낮닭 울음소리에 눈을 뜨면

열린 들창문으로
뒤란 나리꽃 향기 진동하던
어린 날의 동화

아버지의 귀로

햇빛과 바람에 그을린 세월
굵게 패인 주름살에
흐르는 석양빛
저물도록 사래 긴 밭은
허리 펼 틈 없는데
개구리 울음 쏟아지는 무논을 지나
휘적휘적
어둠을 지게에 담고 돌아오는 길

하루의 고단함을
탁배기 한 사발에 달래며
아이들 모두 떠나가고
가난만이 식구 되어 남아있는 곳
검불 같은 아내가 기다리는
오래 묵은
토장국 끓는 집으로 간다

기일忌日

집 떠난 사람들은
돌아올 길을 잃었는가
불 꺼진 집
이맘때면 돌아와 향을 밝히던
뒷산 묘지엔 잡초만 무성한데
시린 하늘 저 끝으로
성근 눈이 나린다

모질게 질긴 가난이
거미줄처럼 옭아매던
구석구석 슬픔이
곰팡이 되어 피어있는 집
지아비를 묻고 떠난 점순네

어둠 속 침묵만이 울음을 삼키는데
섬돌 위 홀로 남은 고무신
무심한 달빛만
하얗게 밤을 새운다

제 **4** 부

늦가을
강가에서

비릿한 갯벌에 몸을 숨기고
끝 모를 심연에
마음 담근 채
낡아가는 폐선
떠날 길을 잃었는가

먼 그대

마음 둘 데 없어
뒤척이는 밤

너는 멀고
갈 길 몰라

아무도 모르게
저 혼자 차오르다
홀로 사위어 가는
그믐달

가을 산사에서

이른 아침 풍경소리
뜨락에 내려서니
어느새 매미 소리 멎고
마당을 쓸고 있는 쓰르라미
산길 외등은 아직 졸고 있는데
물안개 자욱이 풀어 공양하는 산사

도토리 구르는 소리에
다람쥐 놀라 깨는 뒷산
푸른 소리가 창공을 난다
살아 온 세월만큼 물이 든 단풍
분분히 손 흔들며 떠나는데

오장 육부 다 비워 낸
물고기 한 마리
허허
비우고 살라 하네
버리고 살라 하네

강가에서

여름 산 성큼 내려와
물속에 더위 씻는 한나절
송사리 떼지어 몰려다니면
가만가만 산이 흔들린다
강태공은 하루 종일 햇빛만 낚고
기다리는 소식은 기척이 없다

붉어진 노을 강물 적시면
물속에 잠긴 산도 집으로 돌아가고
적막만이 그물처럼 내려앉은
어스름 강
일찍 놀러 나온 초저녁별 하나
빈 망태기에 걸렸다

어두워질수록 강물은 깊어가고
아직 나는
더 기다려야 한다

11월

낙엽에 발을 묻고
겨울로 가는 강물에 마음 담그고 앉아
엉거주춤 서성이는 쓸쓸한 11월
떨어진 낙엽 쌓여
길의 경계 사라지고
방향마저 모호할 때
누가 부르는 양
마음을 따라 집을 나선다

잎 떨어진 자리마다
애잔한 노을빛 남아
등 떠미는 찬바람에 흔들리고
아이들 웃음소리 사라진 골목에는
심심한 바람 칭얼대며 낙엽을 쓸고 있다

한 해의 여정이 끝나가는
석양의 쓸쓸함이 옮겨와

흔들리던 마음마저 내려놓으면

평온이 그물처럼 내려와

슬며시 어깨를 감싼다

쓸쓸하지만 따뜻한

다 비우고도 충만한

감나무 가지에

붉은 등불 하나 걸려있는 저녁답

어미

묵정밭 정리를 위해 풀을 베고 있는데 풀숲에서 후다닥 뛰어나온 꿩이 앞을 막는다. 마치 덤벼들 기세다. 어허 요녀석 봐라, 도망도 않고 왜 이러나 싶어 어리둥절 하는데 '깍' 소리를 지른다. 그 소리에 풀숲에서 튀어나온 까투리 대여섯 마리가 뒤뚱거리며 도망을 간다. 오호라 새끼들을 지키느라 그랬구나, 알에서 태어난 지 얼마 안 된 털부숭이 새끼들이 안전하게 도망할 때까지 경계를 풀지 않고 나를 노려보더니 쏜살같이 새끼 뒤를 따라간다. 그런데 도망가던 어미가 다시 돌아와 또 경계를 하며 소리를 지른다. 채 도망가지 못한 낙오자 한 마리가 뒤뚱거리며 달아난다. 새끼를 위해 두 번씩이나 온몸으로 막아서던 어미의 모성이 얼마나 놀라운지 잠시 멍했다.

만약 내가 아이의 손을 잡고 산길을 걷다가 몸집이 거대한 곰이나 멧돼지를 만났다면 과연 나는 꿩처럼 담대할 수 있을까?
꿩 가족의 보금자리를 빼앗은 것 같아 괜스레 측은하고 미안하다. 숲을 살펴보았으나 벌써 보이지 않는다. 그래 꼭꼭 숨어라, 무럭무럭 자라거라.

저녁 무렵, 빗방울이 떨어진다. 새끼들을 데리고 둥지를 떠난 꿩 가족은 무사히 잠자리를 정했을까, 혹시 피할 둥지도 없이 이 비를 맞고 있는 것은 아닐까?

집 없는 들고양이 앓는 소리에 오늘 밤은 쉬이 잠이 올 것 같지 않다.

대설주의보

몇십 년 만의 대설주의보가 내린 산골
그곳에서 어떻게 지내냐고
걱정스런 전화가 이어지지만
한 달쯤 발이 묶였으면 좋겠다

길도 통신도 끊어진 채
먹는 일마저 잊어버리고
폭설 핑계에 나를 가두고
얼마 동안 잊혀진 채

눈 속에 깊이 마음 담그고 앉아
오랜 사소함으로
몸 밖을 떠도는 그리움을 불러보리

설해목 쓰러지는 밤
창밖 겨울나무로 서 있는 그대여
내 눈물로 언 발을 녹여줄 수 있다면

애틋한 두 마음 묶어
눈물로 지새운들 어떠리

먹이를 구하러
산짐승이라도 내려왔나
멀리 개 짖는 소리

어디가 땅이고 어디가 하늘인지
은하銀河의 강
달빛 홀로 교교하다

꿈꾸는 봄

제 몸 데워
마른 가지 덮고 있는 짧은 햇살
허리 감싸는 따사로운 입김에
파르르 몸을 트는 겨울나무들
푸른 꿈 다시 살아와
가지 끝에 다다르면
마침내 몸을 열어
나 그대를 맞아도 좋으리

새벽이슬 몰래
가지 속으로 숨어들고
아기별 내려와 꽃으로 피어나면
맨발의 바람도 순해지고
풀잎 위를 나르는 빛의 향연에
남루한 옷 벗어 버리고
그대 더불어 꿈을 꾸어도 좋으리

두런두런

대지를 들썩이며 뼈들이 일어서고

어둔 숲을 지키던 나무들

서로 몸을 비비면

간밤 내린 비에 흠뻑 젖은 그대

푸른 옷자락 끌며 찾아오리니

가을꽃

꽃이 졌다고
향기가 사라졌다고
제가 변한 것은 아닙니다
당신 웃음소리에 피어난 꽃인 걸요
당신은 저를 두고
달콤한 오월 장미의 유혹에
멀어져 갔지만
당신과 나 사이에
바람 불고
비 오고
기다림의 날들이 지나갑니다

먼 곳을 바라보며 웃고 있는 그대여

슬픔이 사랑의 마디인 줄 몰랐습니다
불에 덴 것처럼
꽃이 진 자리마다

욱신거리는 아픔 남았는데
환한 웃음 눈 맞춤 해주던
오래된 봄날 아련해서
그리움의 씨앗 하나 품었습니다
눈먼 사랑 하나 품었습니다

시절인연

수십 년 만에 소식을 들었다
만나보겠냐고 묻기에
아니라고 했다
오랜만에 찾은 고향에서 느껴야 했던
이방인 같은 허망함
그토록 그리던 것들은 이미 없다

굴뚝 연기 온 골을 휘감던
소소한 고단함과
오 촉 등불 아래 숟가락 부딪치는 저녁
가난마저 따뜻했던
하찮은 것들이 꿈꾸던 시간

그때 밝혀 둔
꽃 등불 하나 있어
어둔 밤 길 잃지 않았음을
그것으로 족한 것을

내가 지금 그리운 것은
해질 무렵 불러주던 휘파람같이
돌이킬 수 없고
만져질 수 없는
기억으로 남아있는 향기 같은 거

이미 지나간 시절인연인 것을

늦가을 강가에서

허수아비마저 시린 손 부비며
돌아간 들녘
어스름 달빛에
바람은 길 떠날 채비를 하고
갈대들 추워서 몸을 섞는다

비릿한 갯벌에 몸을 숨기고
끝 모를 심연에 마음 담근 채
낡아가는 폐선
떠날 길을 잃었는가

산다는 건 그리움을 붙들고
저문 강 눈물로 흘러가는 일이라고

밤새 어둠을 달려 온 너
푸른 새벽 하얗게
무서리로 왔다

상사화相思花

잎은 꽃이 지고 나서야 왔다
기다림에 지쳐
포기하고 돌아선 자리
연녹색 잎새가 고개를 내민다

잎은 꽃의 얼굴을 보았을까
기다리며 가꾸었던 깊은 향기를
헤아릴 수 있을까
깨달았을 때는
이미 늦었을 때

그리움은 언제나 후회 뒤에 온다
돌아보면
내가 모르던 사랑이
무심한 내 등 뒤에서
나를 바라보고 있다

민들레

살 곳을 찾으면
시멘트 틈새에도
정붙이고 사는
밟히면 밟힐수록
아래로 더 아래로 뿌리를 내려
웬만한 바람에도 끄떡없는

작고
낮게
몸을 낮추고
모두가 잠든
새벽길 물을 길어
누구보다 먼저
꽃등을 밝히는
너무 흔하되
초라하지 않은

씨앗만큼은
아주 멀리
더 좋은 곳 가서 살라고
하얀 손 흔들며
떠나보내는

아, 어머니

망초꽃

혼자서는 너무 작아
있는지도 모르는
천덕꾸러기 고아처럼
거두지 않아도 혼자 자라는

척박한 땅 어디에서나
짓밟혀도 일어서는
가난한 민초들
노오란 눈동자에
슬픔이 어린다

축복받지 못한 삶이라도
살아야 한다고
뿌리를 깊이 박은 채
나도 꽃이라고
잡초가 아니라고
울고 싶은 개망초

가을

까마득히 잊었는데
잊었다고 생각했는데
저녁놀을 가리키던 손가락이
당신을 불러냈네요

그 옛날 번호를 어떻게 알았는지
나는 몰라요
서늘한 어깨를 감싸주던
그날의 기억이 떠올라
아무 말도 못 하고
그저
애꿎은 가을 탓만 하고 말았네요

자연을 노래한 시인의 순결

이 영 춘

(시인)

자연을 노래한 시인의 순결

이 영 춘
(시인)

1. 순수성의 문학

권순덕 시인의 시, 65여 편을 읽으면서 문득 데이비드 소로
(Henry David Thoreau)의 월든(Walden)이 떠올랐다. 소로의
작품은 많은 독자들의 교본이 된 것과도 같이 자연에 묻혀 살
면서 그 자연에서 인생을 배우고 진리를 깨우치며 글을 쓴 사
상가이자 작가이다. 그리고 그는 자신의 「월든, 숲속의 생활」

에서의 체험을 바탕으로 "시인을 일러 자연의 서기"라고 명명한 말은 시의 불문율이 되어 있다.

"호수의 얼굴을 보니 나와 똑같은 회상에 잠긴 것을 알 수 있다. 그리하여 이런 말이 내 속에서 나오려 한다. 오, 월든이여! 진정 그대여!"(Walden, 강승영 역, 은행나무.)라고 영탄적으로 자연을 찬미한다.

권순덕 시인의 시는 자연물인 「사월」을 이렇게 노래한다. "이맘때면/ 먼 기억 끌고 와/ 한 송이 꽃으로 피는 그대// 누군가 부르는 소리에/ 뒤돌아보면/ 저만큼 거리에서/ 시도록 환하게 웃는 그대"(「사월」)이다. 이렇게 권 시인은 자연물과의 교감을 은유하거나 상징화한 작품들로 그 독창성을 발휘하고 있다. 그의 작품은 대부분 자연물을 객관적 상관물로 설정하여 작자의 정서적 이상향이나 동경(그리움)을 감정이입 시켜 그려낸 작품들로 그의 시정신과 시 세계를 드러내고 있다. 이렇게 자연이나 자연물을 소환하여 그려낸 많은 작품이 이번 그의 시집의 특색이자 그의 시정신이다.

또 하나, 권순덕 시인의 작품에서 깊게 감명받은 것은 순수성의 문학을 지향하고 있다는 점이다. 여기서 필자가 순수성의 문학이라 명명한 것은 그만큼 그의 시 정신에는 세속에 물들지 않고 잡것이 섞이지 않았다는 뜻이다. 시 정신이 맑고 깨끗하다는 의미이기도 하다. 이런 순수문학의 사전적 의미는, "순수성을 지키며 예술적 가치를 추구하는 문학이다. 또한 순수문학은 고급문학의 대명사로 지칭되기도 한다. 예술지상주의에 입각한 문학, 즉 자율성과 자동성(自動性)으로서의 문학, 즉자적인 문학"이라고 풀이되기도 한다. 그러면 이제부터 그의 맑고 순수한 시정신과 그의 정서를 따라가면서 감상해 보자.

몸보다 마음이 지칠 때
숲으로 간다

(중략)

내가 나를 인정해 주지 못할 때
그때가 가장 힘들었다는 말에
지나던 바람이 내게 전한 말
시간이 지나면 괜찮아진다는 말은
괜찮은 시간이 올 때까지
아플 수밖에 없다는 말이야

바람의 발자국이 지나간 자리
쓰러질 듯 바닥을 치고
다시 일어서는 풀잎들

모두들 그렇게 견디고 있었다

—「바람이 전한 말」 부분

들려오는 말에 빗장 지르고
상처 난 짐승처럼 찾아 든 산골
버림으로 비로소 차오르는
텅 빈 충만이여

(중략)

마음 시려 올 때면
토라진 연인 달래듯
가만 가만
적막의 어깨 토닥이며
평온한 가을 햇살 같은
넉넉한 산골에 산다

* 모란골 : 인제에 있는 마을 이름

—「모란골」 전문

「바람이 전한 말」은 '바람'과의 대화를 통한 교감이다. 바람은 자연이다. 이 자연물과의 대화를 할 수 있는 사람이 권순덕 시인이다. 자연과의 대화로 사는 시인은 일편 고독하다. 그러나 그 고독 속에서 자연의 소리를 들을 수 있고 자신만의 세계를 세울 수 있다. 결국 바람과의 대화는 곧 자신의 내면과의 대화이다. 소로(Thoreau)는 월든 4장에서 「숲의 소리들」을 들으며 '숲속의 생활'을 하였듯이 권순덕 시인은 "몸보다 마음이 지칠 때/ 숲으로 간다"고 진술한다. 그리고 "내가 나를 인정해 주지 못할 때/ 그때가 가장 힘들었다는 말에/ 지나던 바람이 내게 전한 말/ 시간이 지나면 괜찮아진다는 말"을 듣고 위로를 받는다. 그리고 '아픔'이 끝날 때까지 자연과 교감하면서 참는 것이다. 끝 연에서 그 심상이 잘 그려져 있다. "바람의 발자국이 지나간 자리/ 쓰러질 듯 바닥을 치고/ 다시 일어서는 풀잎들"이라고 작자 자신을 '풀잎'으로 환유한다. 그리고 "모두들 그렇게 견디고 있었다"라고 '풀잎'과의 동일체를 형성함으로써 '견딤'의 미학으로 자신을 이겨내는, 혹은 이겨내야만 하는 인간사에 순응하는 인식이다. 이 순응이 곧 그렇게 견디고 이겨내면서 살아가는 자아와 시정신의 알레고리를 형성하고 있다.

그리고 두 번째 시, 「모란골」에서는 한층 더 '자연'과 더불어 사는 심상이 잘 그려져 있다. "모란골"은 주석에 있는 대로 인제군에 있는 산골 동네 이름이다. 권 시인은 이 마을에 살면서 그 마을의 풍광을 노래한 것이 아니라 세속적인 것을 버린 어떤 초월의 자세를 노래하고 있다. "들려오는 말에 빗장 지르고/ 상처 난 짐승처럼 찾아든 산골/ 버림으로 비로소 차오르는/ 텅 빈 충만이여"가 그것이다. 절창이다. 그리고 3연에서는 온전히 자연과의 일체가 된다. "마음 시려 올 때면/ 토라진 연인 달래듯/ 가만가만/ 적막의 어깨 토닥이며/ 평온한 가을 햇살 같은/ 넉넉한 산골에 산다"로 자연과 일심동체의 세계, 자연과의 교감이 절정을 이룬다.

이런 의미에서 필자는 권순덕 시인을 '자연의 시인'이라고 명명하고 싶다. 이번 시집에서 거의 전반이 자연을 노래한 시다. 비록 자연물을 제목으로 하지 않았더라도 그 내용은 끝내 '자연'에 대비시켜 자연으로 귀결된다. 예를 들면 「먼 그대」라는 작품에서는 얼핏 보면 사람을 지칭한 시로 볼 수 있다. 그런데 전혀 다른 '그믐달'을 '그대'라는 이인칭으로 의인화한 것이다.

마음 둘 데 없어
뒤척이는 밤

너는 멀고
갈 길 몰라

아무도 모르게

저 혼자 차오르다

홀로 사위어 가는

그믐달

— 「먼 그대」 전문

권순덕 시인의 '자연 사랑'의 노래는 부지기수다. 「대설주의
보」를 비롯하여 「늦가을 강가에서」, 「망초꽃」, 「민들레」, 「상
사화」, 「가을 산사에서」, 「내가 살고 싶은 집」, 「겨울나무」, 「상
강霜降」, 「눈 오는 밤」, 「사월이 오면」, 「또 다른 길」, 그리고 산
문시 「어미」 등 다 열거할 수 없을 정도다. 몇 작품만 제시하여
감상하고자 한다.

길도 통신도 끊어진 채

먹는 일마저 잊어버리고

폭설 핑계에 나를 가두고

얼마 동안 잊혀진 채

설해목 쓰러지는 밤

창밖 겨울나무로 서 있는 그대여

내 눈물로 언 발을 녹여줄 수 있다면

애틋한 두 마음 묶어

눈물로 지새운들 어떠리

—「대설주의보」 부분

허수아비마저 시린 손 부비며
돌아간 들녘
어스름 달빛에
바람은 길 떠날 채비를 하고
갈대들 추워서 몸을 섞는다
(중략)
산다는 건 그리움을 붙들고
저문 강 눈물로 흘러가는 일이라고

밤새 어둠을 달려 온 너
푸른 새벽 하얗게
무서리로 왔다

—「늦가을 강가에서」 부분

이 두 작품 모두 눈물겹다. 산짐승처럼 외로운 자연물을 통한 작자 자신의 내면의식의 승화다. 「대설주의보」에서 "설해목 쓰러지는 밤/ 창밖 겨울나무로 서 있는 그대여"에서 '그대여'는 분명 '설해목'이다. 그러나 작자인 화자를 의인화한 것으로 중의적으로 해석할 수 있다. 그래서 외롭다. 고즈넉한 아니, 괴

괴한 산마을에 홀로 남겨진 단독자와 같다. 그 이유는 무엇일까? 뛰어난 묘사 때문일 것이다. "내 눈물로 언 발을 녹여줄 수 있다면/ 애틋한 두 마음 묶어/ 눈물로 지새운들 어떠리"와 같은 묘사는 감각적으로 다가와 독자를 오감으로 유인한다.

「늦가을 강가에서」는 이 시의 핵심 시어는 '무서리'다. 그 '무서리'가 오기까지 '허수아비, 바람, 갈대, 갯벌, 폐선' 등의 시어들이 동원되어 작자의 정서를 대변한다. 1연의 묘사는 절창이다. "허수아비마저 시린 손 부비며/ 돌아간 들녘/ 어스름 달빛에/ 바람은 길 떠날 채비를 하고/ 갈대들 추워서 몸을 섞는다"가 그것이다. 그리고 이 시의 절정은 "산다는 건 그리움을 붙들고/ 저문 강 눈물로 흘러가는 일"이다. 그리고 "밤새 어둠을 달려 온 너/ 푸른 새벽 하얗게/ 무서리로 왔다"에서는 인생의 어떤 변곡점이거나 한고비를 넘겼을 때의 한 단면을 암시하기도 하여 깊은 여운을 남긴다.

이 밖에도 권순덕 시인은 「망초꽃」에서 "노오란 눈동자에/ 슬픔이 어린다"고 노래하고 "작고/ 낮게/ 몸을 낮추고/ 모두가 잠든/ 새벽길 물을 길어/ 꽃등을 밝히는"(「민들레」)라고 의인화함으로써 감각적 이미지를 살려내고 있다. 또 「겨울나무」에서는 "어린 슬픔이 쌓이고 쌓여/ 꿋꿋하던 의지마저 꺾인 채/ 묵묵히 세상 밖으로 떠나간/ 젊은 아버지"라고. 아버지의 부재를 '겨울나무'에 비유하여 형상화하고 있다. 가슴 찡한 시로 공감

대를 형성한다. 「슬픔」이란 시에서는 "아직도 나는/ 그 겨울에 서 있다"에서 '슬픔'을 '겨울'이라는 한 계절로 은유한다. 이 비유어는 화자의 내면에 흐르는 어떤 허무의식에서 오는 슬픔 의식이다. 권순덕 시인의 내면의식이 잘 표현된 시로서 인용하여 감상해 보겠다.

살아온 날들이
끝 모를 어둠 속으로
아득히 함몰되고 있던

아직도 나는
그 겨울에 서 있다
세월을 건너뛰지 못한 채

—「슬픔」 부분

끝의 두 연이 심금을 울린다. "서정시와 서정시인들의 형상은 바로 그 자신이며, 자신의 다양한 객관화에 지나지 않는다."고 말한 프리드리히 니체의 말을 떠올리지 않을 수 없다.

그만큼 권순덕 시인의 정서를 잘 표출한 시로 간주되기 때문이다. 이 밖에도 권순덕 시인은 '자연'이나 '자연물'을 통하여 작자의 사상과 정서를 저작(著作)한 작품이 대부분이다. 지면

관계상 다 소개할 수 없음으로 작품을 통하여 공유할 것을 권
한다.

2. 생명, 그리고 존재 의식에 관한 시

권순덕 시의 또 하나의 특징은 '자연'이나 '자연물'을 통하
여 또는 사회에서 일어나는 여러 현상이나 형상을 통하여 우리
들 삶의 양식을 형상화해내는 기법이 탁월하다. 즉 인간의 존
재양식에 대한 물음을 던지거나 회의(懷疑)하는 기법으로 표출
해 내어 심도 있는 자아성찰의 자세를 제시한다. 「봄이 오는 문
턱에서」, 「씨앗의 노래」 등 그 외에 '존재'에 대하여 사유한 시
로 「상가에서」, 「슬픔」, 「길 잃은 운동화」, 「하루의 무게」, 「청소
부」 등의 작품이 모두 존재에 관한 시로 읽혀진다. 싸르트르는
말한다. "시는 존재에 대한 물음(질문)이라고." 권덕순 시인의
존재에 대한 물음은 어떤 식으로 승화되고 있는지 따라가 보
자.

온 가족 자살이라는 아침 뉴스가
가슴을 때린다
(중략)

삼월의 문턱

길이 보이지 않는다고

세상의 문을 닫은 영혼들이

회색 하늘가를 떠돌다가

이 아침

먹먹한 봄비로 내린다

— 「봄이 오는 문턱에서」 부분

요즘 우리 사회에서 일어나는 현상들을 이 시를 통하여 다시 생각하게 된다. 지난 8월 큰 홍수로 인해 반지하 셋방에서 미처 빠져나오지 못해 목숨을 잃은 '세 모녀 이야기'로부터 생활고에 시달리다가 끝내 월세와 공과금 낼 돈 70만 원이 든 봉투를 주인에게 미안하다면서 남기고 떠난 '세 모녀의 자살' 등 우리 사회에는 이렇게 눈에 보이지 않는 사각지대에 사는 사람들이 너무나 많다. 권 시인도 어느 날 뉴스에서 그런 사건을 보고 정서적 충격으로 이 시를 승화시켜 낸 것으로 보인다. 모든 삼라만상이 새 생명으로 일어서는 봄이 오는 계절인데, 목숨을 버리고 떠나야만 한 이들을 애도하는 형식으로 승화된 시다. "삼월의 문턱/ 길이 보이지 않는다고/ 세상의 문을 닫은 영혼들이/ 회색 하늘가를 떠돌다가/ 이 아침/ 먹먹한 봄비로 내린다"로 애도하듯 시적 승화를 이룬다. 시인은 죽은 이들의 '영혼'

을 '봄비'로 상징한 것이다. 그리고 "겨울바람이 지나는 길모
퉁이/버려진 운동화 한 짝/며칠이 지나도 그대로 있다"라는 진
술로 죽은 사람들의 유품과도 같은 '운동화'를 매개로 그들의
영혼을 뼈아프게 형상화한다.

　다음의 시, 「씨앗의 노래」는 '씨앗이 움트는 모양'을 보면서
인간의 생명의식을 연계하여 상징적으로 그려낸 시다. 경이로
운 발상이자 발화이다.

　　　네 몸에는/우주의 기운이/오롯이 담겨 있다

　　　태산을 품고/심장의 중심부에 뿌리를 박는다/대지를 들어 올리는
　　　질긴 생명력/시련에 더욱 단단해지는/사랑의 원천

　　　죽어야 살리라/몸을 보시함으로/더불어 다시 태어나는/네 안
　　에 내가/
　　　내 안에 네가/흙으로 돌아가 다시 살아오는/영원한 회귀回歸
　　　　　　　　　　　　　　　　　　　　―「씨앗의 노래」전문

　이 시의 중심사상은 끝 연에서 오롯이 부각된다. "죽어야 살
리라/ 몸을 보시함으로/ 더불어 다시 태어나는/ 네 안에 내가/
내 안에 네가/ 흙으로 돌아가 다시 살아오는/ 영원한 회귀回歸"

라고 방점을 찍듯 의미를 부여한다. 모든 생명은 결국 소멸한다. 그래야만 새로운 탄생을 맞을 수 있다. 그것이 자연의 이치이자 진리다. 문득 호머의 시 한 구절이 생각난다. "사람은 나뭇잎과도 흡사한 것/ 가을바람이 땅에 낡은 잎을 뿌리면/ 봄은 새로운 잎으로 숲을 덮나니// 잎, 잎, 조그만 잎---" 모든 생명체는 이렇게 순환한다. 그것이 인생의 진리이자 삶의 과정일 것이다. 그러므로 이 시는 이런 생명 순환의 이치로 '씨앗'을 노래하고 있다. 시를 통하여 새 생명을 찬양하고 사유하는 진리의 진수다. '존재'를 다룬 또 한 편의 시, 빼놓을 수 없는 시가 있다. 「운해(雲海)」라는 작품이 그것이다.

새벽에 눈을 뜨니/내가 사는 곳/섬이 되었다
아득한 운해/천지에 나 혼자뿐/사방이 고요하다//
언젠가/이렇게 떠나야 하리//
그저 잠시 머물다/몸 벗어 놓고/마음 접어 두고
홀연히 바람 되어/깊이를 알 수 없는/저 세월 강
이승과 저승의 갈림길을/건너야 하리

—「운해(雲海)」 전문

작자는 아마 산골 마을에서 살다 보니 어느 날 "아득한 운해에 덮여" 고립된 듯 "섬이 되었다"고 느낀다. 그 고립된 섬에서 삶과 죽음의 문제를 생각한다. "그저 잠시 머물다/ 몸 벗어 놓고/ 마음 접어 두고/ 홀연히 바람 되어/ 깊이를 알 수 없는/ 저 세월의 강/ 이승과 저승의 갈림길을/ 건너야 하리"와 같은 독백으로 생과 사의 문제를 담담히 그려내고 있다. 그러나 그 이면에는 깊은 한숨이 배인 듯, 인생의 깊은 사유와 사색이 함의 되어 있어 한층 더 시의 격조를 높이고 있다.

이 밖에도 권순덕 시인은 「길 잃은 운동화」라는 작품을 통하여 '존재'에 대한 물음을 던지듯 '삶'에 대한 물음을 던진다. "어디를 가려던 길이었을까/ 힘든 고갯길을 걸을 때면/ 자꾸만 벗겨지고 뒤처지던/ 함께 걷던 짝은 어디로 갔을까"라고 죽은 한 영혼의 삶을 환유한다.

또 「하루의 무게」라는 작품에서는 고된 삶의 여정을 '발과 발걸음'으로 상징하여 승화시킨다. "하루 종일 발을 옥죄던/ 구두를 벗으면/ 그제서야/ 꼭 붙어 있던 발가락들이/ 긴 숨을 쉰다"고 하루의 고단한 삶을 의인화하고 있다. 「기일忌日」에서 는 "집 떠난 사람들은/ 돌아올 길을 잃었는가/ 불 꺼진 집/ 이 맘때면 돌아와 향을 밝히던/ 뒷산 묘지엔 잡초만 무성한데/ 시린 하늘 저 끝으로/ 성근 눈이 내린다"라는 표현으로 한 편의 영상을 보듯 시각적 이미지가 감각적으로 다가온다. 아울러 인생의 무상함과 쓸쓸함이 긴 여운과 함께 정서적 공명을 불러일으킨다.

3. 천륜의 시

시인이면 누구나 빼놓을 수 없는 시가 있다. 그것은 곧 '천륜'에 관한 시다. 어느 통계에 의하면 우리나라의 시 중에서 가장 많은 것이 '어머니'에 관한 시라고 한다. 시인들은 저마다 부모와 자식 간에 얽힌 사랑을 저마다의 목소리로 노래하고 있기 때문이다. 권순덕 시인도 예외는 아니다. 어머니와 아버지를 모티브로 하여 쓴 시로 「아버지의 귀로」, 「참 예쁘다」, 「양파」, 「찔레꽃」, 「집으로 가는 길」, 「시래기국」 등의 작품이다.

햇빛과 바람에 그을린 세월
굵게 패인 주름살에
흐르는 석양빛
저물도록 사래 긴 밭은
허리 필 틈 없는데
개구리 울음 쏟아지는 무논을 지나
휘적휘적
어둠을 지게에 담고 돌아오는 길

— 「아버지의 귀로」 부분

붉은 군자란꽃이 피어난

이른 봄날
마루 끝에 나와 해바라기를 하시던
병석의 아버지
무슨 생각을 하시는지
말없이 창밖을 바라보며
눈부신 듯 툭 던진 한마디
차암 예쁘다
그 말이 왜 그리 아팠을까

— 「참 예쁘다」부분

위의 시 두 편은 아버지에 관한 시다. 하루의 노동을 마치고 "휘적휘적/ 어둠을 지게에 담고 돌아오는" 아버지의 '길'이 애련하게 다가온다. 그 애련한 아픔의 정서가 더욱 진한 감동으로 겹치는 것은 "가난만이 식구 되어 남아 있는 곳"이다. 그리고 그 곳에는 "검불 같은 아내가 기다리는/오래 묵은/토장국 끓는 집으로" 돌아오시는 것이다. 시의 본령인 서정시의 매력을 한껏 발휘한 묘사가 극치를 이룬다.

「참 예쁘다」라는 이 작품에서도 "병석에 계신 아버지"가 창밖에 핀 군자란을 보시고 "눈부신 듯 툭 던진 한 마디"에 작자는 가슴 아파한다. 이 아픔은 곧 부모 자식 간에서만 느낄 수 있는 동병상련의 마음이자 핏줄의 정체성 때문일 것이다. 자식

이 아프면 부모의 마음이 더 아프듯이---.

아울러 권순덕 시인의 '어머니'에 대한 정서는 또 어떻게 표
출되고 있는가를 감상해 보자.

　　　말을 가둔 어두운 심연에 갇혀
　　　엄마는 지금 어디를 헤메고 계신 것일까요
　　　다시 돌아간 두만강은 입속에 맴돌고 있는데
　　　엄마는 어디로 흘러가는 것일까요

　　　　　　　　　　　　　　　　　　　—「찔레꽃」 부분

　　　싸락눈 내리는 저녁 무렵
　　　왠지 모를 허기에
　　　마을 휘둘릴 때면
　　　애간장 눈물로 버무려
　　　된장 풀어 푹 끓인
　　　어머니가 끓여 주신
　　　시래기국이 먹고 싶다

　　　　　　　　　　　　　　　　　　　—「시래기국」 부분

「찔레꽃」은 어머니에 대한 아픔이 절절하게 승화된 시다. 눈
시울이 뜨거워진다. 이 시에서 암시되었듯이 엄마는 "혈압으로
쓰러져 말을 못 하시는"것 같다. 그런데 평소에 잘 부르던, 섬

마을 선생님, 두만강. 찔레꽃은 잘 부르신다. 그런 엄마의 목소리를 듣는 "딸들은 같이 노래를 부르며 목이 멘다"고 그 아픔을 진술한다. 연민의 아픔이다. '그 연민은 끝 연에서 절정을 이룬다. "말을 가둔 어두운 심연에 갇혀/ 엄마는 지금 어디를 헤매고 계신 것일까요/ 다시 돌아간 두만강은 입속에 맴돌고 있는데/ 엄마는 지금 어디로 흘러가는 것일까요"라고. 그 아픔의 정서가 극대화된다. 시는 많은 독자가 공감하는데 그 의미가 있다. 그러므로 이 시는 시의 효용적 가치를 한층 격상시키고도 남는다.

「시래기국」은 제목 그대로 세상살이하다가, 혹은 집을 떠나 있을 때, 배고프고 힘이 들 때면 어머니에 대한 그리움이 물밀 듯 다가온다. 그리고 그 어머니가 끓여 주시는 음식이 생각나는 것이다. 그 '시래기국'에는 어머니의 "애간장 눈물을 버무려 끓인" 어머니의 사랑과 정성과 한숨이 어린 국이다. 그래서 우리들은 더욱 "어머니가 끓여 주신/ 시래기국이 먹고 싶"은 것이다.

4. 자성의 시

권순덕은 자신의 시에 대하여 참 많이 생각하고 고뇌하는 시

인이다. 시인으로서의 '자성'의 자세와 그 목소리가 훌륭하게
돋보인다. '시인의 서문'과도 같은 「詩의 집」이란 작품에서 그
는 이렇게 성찰한다. "나를 태워/마지막 남을 사리/ 그 사리로
빚은 언어로/ 짓고 싶다/ 나를 온전히 녹여 낸/ 탄성 같은 한
마디// 얼마나 크고 깊어야/ 닿을 수 있으랴"라고 자성의 목소
리로 자신에게 읊조린다. 「사랑, 참 어렵다」와 「낚시」 등의 작
품에서도 시에 대한 고뇌가 아니, 시에 대한 사랑이 두드러지게
인지된다.

　　아무리 좋은 말로 포장해도

　　좋은 시는 가슴이 먼저 안다

　　너와 나의 언어에는 은유가 많다

　　가슴이 뛸 만한 말을 찾느라

　　밤새 끙끙거린다

　　은유라는 옷을 입혀 말을 치장하고

　　낯설게 비틀어 질리게 한다

　　너에게 다가가는 걸음을

　　머뭇거리게 울타리를 친다

　　말을 채집하고 쌓아두고

　　언제 어떻게 이용할 것인지

　　머리를 쓴다

핸드폰 가득 너와의 만남을 위해

　　정보를 채우듯

　　　　　　　　　　　　　—「사랑, 참 어렵다」 부분

　맞다. 시는 참 어렵다. 이 어려움을 아는 시인은 진짜 시인이다. 시를 모르는 이들은 "시가 뭐가 어려우냐? 그냥 감정이 흐르는 대로 쓰면 되지 왜 어려우냐"고 한단다. 이런 사람들은 시에 대한 기본도 모르는 이들이 하는 말이다. 권순덕 시인은 많은 경험과 시론을 거쳐 일정한 경지에 이른 시인이다. 그러므로 '시와의 사랑이 참 어렵다' 라는 말을 할 수 있다. 위의 시는 그런 시 쓰기의 어려움을 '시와의 사랑' 으로 표현한 것이다. 그리고 그가 좋은 시를 쓰기 위해 얼마나 많은 고뇌와 노력을 하고 있는지 가늠할 수 있는 진술이다. 많은 자료를 모으기 위해 "핸드폰 가득 너와의 만남을 위해/ 정보를 채우듯"이란 이 구절만 보아도 그의 노력을 짐작할 수 있다. 그리고 그는 자신을 위해 독자를 위해 "좋은 시는/ 가슴이 먼저 데워져 오는 법이"라고 일침을 가한다.

　　밤마다 끄적거리다 만 문장들이 소근거린다

　　어느 날은 쓸 만한 물고기가 잡히기도 하지만

온통 머릿속을 헤집으며

끝내 모습을 감춰버리는 시어들

(중략)

내 밑밥은 너무 빈약하다

좋아하는 미끼조차 파악하지 못해

이것저것 마구 뿌려놓고

사유의 바다에 낚싯대를 드리운 채

오늘도 헛챔질만 하고 있다

— 「낚시」전문

「낚시」라는 작품에서도 한 편의 좋은 시를 쓰는 일을 '낚시'로 상징한 것이다. 배달되어온 타인의 시집을 읽으며 거기서 팔딱거리는 "빛나는 은유의 물고기들"을 발견한다. 그리고 자성한다. "밤마다 끄적거리다 만 문장들이 소근거린다/ 어느 날은 쓸 만한 물고기가 잡히기도 하지만/ 온통 머릿속을 헤집으며/ 끝내 모습을 감춰버리는 시어들"이라고 고백한다. 그의 시 정신은 참으로 치열하다. 이렇게 고뇌하는 시인은 좋은 시를 쓸 수 있는 자격을 갖춘 시인이다. 시 쓰기를 혹은 시어를 '물고기'로 비유하고 시어 찾기를 '낚시'로 상징화한 것은 일품 중의 일품이다.

5. 시와 시인의 순결성

인류사상사에 경전이라고 불리는「우파니샤드」에서는 시인을 일러 '발견의 눈을 가진 자, 혹은 혁명의 눈을 가진 자'(krantidarsi)라고 일컫는다. 그만큼 시인은 새로운 눈으로, 새로운 묘사로 신선한 이미지를 창출해 내야 한다는 뜻이다. 권순덕 시인의 시를 읽으면서 새로운 이미지 창출의 미학적 발견이 참으로 훌륭했다. 이것은 곧 권순덕 시인만이 묘사해 낸 미적 상징이자 개인적 상징의 우월성이다. 몇 가지 예를 들어 본다.「소금」이란 시에서 '소금'을 "유배된 바다의 사리舍利였구나"라고 이미지를 살려냈다.「망초꽃」에서는 "노오란 눈동자에 슬픔이 어린다"라고 묘사한다. "평온이 그물처럼 내려와/ 슬며시 어깨를 감싼다"(「11월」), "고개 너머 자울 자울/ 봄날이 간다"(「묵정밭에서」), "빛나는 은유의 물고기들이 가득하다"(「낚시」) 등의 표현에서 큰 감명을 받았다. 특히 '자울 자울'이란 순수 우리말을 찾아 비유한 것은 대단한 발견이다. 마치 파불로 네루다가 고독한 심상을 "나는 터널처럼 외롭다"라고 인류 시사詩史에 방점을 찍은 그 외로움의 표현처럼.

끝으로 권순덕 시인의 '인성'이라 여길 만한 시 한 편을 소개하면서 이 글을 맺고자 한다.「순결」이란 작품이 그것이다.

내 몸속에 가끔은

달빛도 숨어들고

초록별도 찾아오고

이름 모를 들꽃 더불어

새소리 물소리도

머물다 가곤 했는데

어디로 갔을까

언제부터

욕망으로 뜨거워진 몸

그 불을 피해

등 돌리고 떠나버린

내 영혼의

맑은 물줄기

　자아(自我)의 내면의식을 성찰하는 시로 많은 공명을 선사
한다. 세속에 물들어 세상살이를 하다 보면 우리는 그 순수성
을 잃을 때가 많다. 그 순수성을 잃고 있다는 사실조차도 모
르면서 살고 있기도 한다. 그러나 권 시인은 이렇게 수시로 자
신을 돌아보면서 그 순수성을 잃어가는 자신을 채근하고 있
다. 시인의 고고한 정신이다. 시인은 무엇보다 진실하고 '순
결' 해야 한다.

아리스토텔레스가 말한 "훌륭한 시를 쓰기 위해선 철학과 도덕론이 우선시 돼야 한다. 시의 목적은 교훈성과 쾌락(즐거움)을 주는 데 있다."라는 말과 같이 '교훈성'이 강조된다. 인간의 순수한 본성을 찾아가는 것이 시인의 길이기 때문이다. 권 시인은 항상 이런 자세와 성찰의 시와 시정신으로 우리 앞에 우뚝 설 것이라 믿으며 이 글을 맺는다.

➡ 시와소금 시인선 목록

시와소금 시인선 151

그리움은 언제나 문득 온다

ⓒ권순덕, 2022. printed in Seoul, Korea

초판 1쇄 인쇄 2022년 09월 26일
초판 1쇄 발행 2022년 10월 05일
지은이 권순덕
펴낸이 임세한
디자인 유재미 정지은

펴낸곳 시와소금
출판등록 2014년 1월 28일 제424호
발행처 강원 춘천시 충혼길20번길 4, 1층 (우-24436)
편집실 서울시 중구 퇴계로50길 43-7 (우-04618)
팩스겸용 (033)251-1195 / 휴대폰 010-5211-1195
이메일 sisogum@hanmail.net
ISBN 979-11-6325-055-5 03810

값 10,000원

인제군문화재단
INJE CULTURAL FOUNDATION

• 이 시집은 2022년 인제군문화재단 문화예술지원사업 지원금으로 발간하였습니다.